LE NOUVEAU

NOSTRADAMUS;

OU

LES FETES PROVENÇALES,

COMÉDIE.

EN UN ACTE ET EN PROSE.

Mêlée de Chants, de Danses, & terminée par plusieurs
Divertissements; Composée à l'occasion du passage
de MONSIEUR, Frere du Roi, à Marseille.

Jouée sur le Théâtre de cette Ville le premier Juillet
1777.

Par M. COLLOT D'HERBOIS.

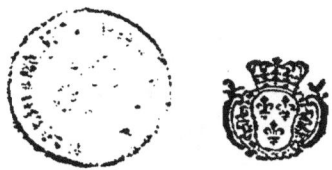

A AVIGNON;

Chez BONNET Freres, Imprimeurs,
Libraires, vis-à-vis le Puits
des Bœufs.

M. DCC. LXXVII.

AVANT-PROPOS.

C'Eſt toujours une entrepriſe difficile, de vouloir traduire ſur le papier, l'efferveſcence, & les tranſports du ſentiment lorſqu'il faut offrir cette eſquiſſe au ſentiment lui-même ; mais elle devient plus difficile encore, dès qu'il faut ſaiſir la reſſemblance, & le caractere d'un Peuple vif, aimable & joyeux qui ſe varie ſans ceſſe dans ſes attitudes. Ces difficultés, ſi on les prend en conſidération, pourront attirer quelqu'indulgence à ce petit Ouvrage. On pourroit même s'étonner que dix jours ayent ſuffi à l'Auteur pour le compoſer, & aux différents talents qui en font valoir les détails : en cela ſans doute, ils ont quelque mérite ; mais quelles difficultés ne ſurmonte pas chez un François, l'amour de ſes Princes, & l'ambition d'occuper les yeux & l'eſprit de ſes Compatriotes dans une circonſtance auſſi intéreſſante.

ACTEURS.

Mr. DASTRIMON , entiché de l'Aftrologie, Bourgeois du Village de ****.

Mr. CANZONIN , Muficien, Bourgeois du même Village.

ALEXIS , Fils de Mr. Daftrimon, amoureux de Jofephine.

JOSEPHINE , Fille de Mr. Canzonin.

Mde. DASTRIMON.

Mr. TRIBORD , Capitaine de Vaiffeau, Provençal.

Mr. TURINI , Piémontois.

Mr. VOLMASM , Allemand.

Payfans Provençaux , Matelots & Matelottes.

Troubadours ou Tambourins , & Chanteufes.

Bohémiens.

La Scène eft au Village de **** à fix lieux de Mar-feille. On voit d'un côté du Théâtre la maifon de Daftrimon, de l'autre celle de Canzonin.

LE NOUVEAU
NOSTRADAMUS,
OU
LES FETES PROVENÇALES.
COMÉDIE.

SCENE PREMIERE.

DASTRIMON.

(» *Il arrive d'un air bien affairé, il a un Telescope*
» *sous le bras, & deux ou trois lunettes dans les*
» *mains. Il paroît satisfait de lui-même, & dit.*

OH! oh! Messieurs les incrédules à l'Astrologie...
Ah je vous convaincrai cette fois ci, je vous réduirai...
je vous ferai croire aux Planettes : il y a quinze jours,
qu'en observant le Ciel, j'ai apperçu un Astre Bienfai-
sant qui s'acheminoit vers la Provence... je le voiais
venir de loin... j'ai annoncé son arrivée... les observations que je viens de faire m'apprennent qu'il a paru
sur l'horison de Marseille... & ou ai-je vû tout cela moi ?
c'est là-haut... (*avec enthousiasme.*) c'est là-haut... à
travers mon Telescope... c'est que Jupiter & ses Sa-
tellites n'ont pas de secret pour moi, c'est que je suis
là en pays de connoissance... c'est que je suis familier
avec le Zodiaque... & que le Belier, le Taureau &
le Capricorne, me regardent comme de la famille.

SCENE II.

DASTRIMON, CANZONIN.

Canzonin arrive en chantant pendant les dernieres phrases de Dastrimon.

CANZONIN, *riant.*

QUe dites vous donc voisin.. que vous êtes de la famille du Capricorne. Ah, ah, ah, ah.

DASTRIMON.

Oh reprouvé Muficien que vous êtes... vous avez beau renier l'Aftrologie... vous y croirez...

CANZONIN.

Sans doute, fans doute, votre époufe eft à Marfeille, depuis trois jours, & vous faites alliance avec les bêtes à corne du Zodiaque. Ah, ah, ah, ah, ah.

DASTRIMON.

Oh vous êtes un mauvais plaifant, compere Canzonin... mais vous êtes veuf, vous avez beau jeu.

CANZONIN.

Mais quand revient donc Madame Daftrimon?... votre fils eft avec elle... & j'aurai befoin de lui dans cette occafion-ci. Il a une jolie voix... & voilà le plus délicieux morceau de tambourin.... (*Il frédonne.*) Oh j'ai ma manie auffi.

DASTRIMON.

Ce n'eft que du fon cela, ce n'eft que du fon, Compere... mais le Ciel... mais l'Hemifphere,

CANZONIN.

Ce n'eft que de l'air cela, ce n'eft que de l'air.

DASTRIMON.

Ah vous ne croyez à rien... & cependant, cet événement fi flatteur pour la Province, l'arrivée de notre Héros.. du Pere de notre patrie... l'Idole des Provençaux, qui eft ce qui vous a annoncé celà ?... à qui favez vous gré du plaifir que vous fait depuis quinze jours la certitude de l'avoir bientôt fous les yeux... qui vous a procuré cette jouiffance anticipée.... c'eft moi, c'eft moi... cette découverte m'a couté pourtant... il a fallu accorder le cours des Aftres du premier ordre... car jamais iis n'ont plus varié leurs mouvements, jamais leur influence ne s'eft mieux accordée pour le bonheur des Peuples... Il y en a deux actuellement qui conduifent fur leur pas par toute la France, la félicité, les plaifirs & l'abondance, & je prédis..

CANZONIN.

Oh tu es un grand forcier... mon pauvre Noftradamus ; tes oracles là-deffus font la voix publique & les Gazettes... c'eft delà que tu tires tes Ephemérides.

DASTRIMON, *avec feu, & un efpece de délire joyeux.*

Oh non , je vous dis , c'eft par l'intelligence des mouvemens fphériques... c'eft qu'il y a dans la nature une concordance du Celefte avec le Terreftre dont j'ai deviné le myftere ; un grand Perfonnage fur la terre doit faire un mouvement à droite , ou à gauche ; je braque mon Telefcope. J'examine le Soleil & les autres Aftres . majeurs , je furprends ce mouvement dans le vuide de l'Œtherée , je vois tous les petits Aftriaux, les Étoillettes s'empreffer à la fuite de cette Comete bienfaifante... les fuifceaux de lumiere fe diftribuent à tout ce Peuple réluifant, le Globe lumineux va fon chemin, je le fuis pas à pas, là je pouffe Mercure en paffant , ici je falue Jupiter, je dis deux mots au Verfeau, je fais une petite politeffe aux Gemeaux , je careffe le Lion , je touche la main au Sagitaire , j'embraffe le Capricorne, je mets mon Telefcope fous mon bras, & je retourne à la maifon... Ah c'eft un grand plaifir.

CANZONIN, *avec chaleur.*

Tu reviens toujours à ton Capricorne... Mais tiens compere fans voyager comme toi dans la Lune, mes Obfervations ne font pas moins fûres... c'eft fur Terre que je les fais moi... c'eft dans ce petit endroit-ci, qui n'eft pourtant qu'un Village , mais qui eft de la Provence, comme les grandes Villes... le plaifir a fourcillé au premier bruit de l'arrivée du Prince qui nous protege... bon ai-je dit fi cela fe confirme tout ira bien... cela s'eft confirmé, j'ai vû femmes, enfants, jeunes gens, vieillards, tous animés , tous pétillants de gayeté, voilà un bon préfage... Le Prince n'eft pas loin. . & puis fes louanges étoient dans toutes les bouches, la campagne fembloit plus belle .. ce pays dont il porte le nom, paroiffoit fe ranimer, & la Nature s'embellir... l'yvreffe du bonheur a gagné de tous côtés. Il eft arrivé, il eft aujourd'hui à Marfeille, & je parie que dans ce moment-ci, il n'y a pas un Provençal dont le cœur ne faute de joye en le voyant, ou feulement en entendant prononcer fon nom , va je crois que mes Almanachs valent bien les tiens.

DASTRIMON.

Sans doute, fans doute... Mais voifin mon fils ne revient pas de Marfeille, eft-ce que le Prince y refteroit plus long-temps qu'on avoit dit.

CANZONIN.

Ma foi compere, s'il lit dans les yeux de tous les Marfeillois, ce qui fe paffe dans leur ame... Je crois qu'il verra le regret de le perdre auffi vif que le plaifir de l'avoir poffédé... & pour combler leurs vœux, il faudroit où qu'ils puiffent tous le fuivre, où qu'il voulût jamais ne les quitter... Mais il fe doit à la Nation entiere; il parlera furement ici demain, & notre petite fete ira fon train... j'en ai une affez bonne idée.

DASTRIMON.

Et moi le meilleur prognoftic.

CANZONIN.

Oh toujours de l'Aftrologie...

DASTRIMON.

Que voulez-vous voifin... çà tient du climat, vous favez bien que les premiers Aftrologues étoient Provençaux.

CANZONIN.

Et les premiers Poëtes, les premiers Muficiens, donc compere, les Troubadours.... Allons, allons, nos enfants nous pardonneront nos inclinations par refpect pour nos Ancêtres.

(On entend chanter derriere le Théâtre.)
Mais qu'eft-ce que c'eft que cela !

DASTRIMON.

Oh ma foi, c'eft mon fils Alexis, mais il eft feul.

SCENE III.

D'ASTRIMON, ALEXIS, CANZONIN.

ALEXIS.

Bonjour mon cher pere ... bonjour Monfieur Canzonin, comment fe porte Mlle. Jofephine.

DASTRIMON.

Et où eft donc ta mere ?

ALEXIS.

Elle va arriver... Mais Monfieur Canzonin, dites-moi donc comment fe porte Mlle. Jofephine.

CANZONIN.

Bien, bien... Mais où as tu laiffé Mde. Daftrimon, cela eft mal.

ALEXIS.

Elle n'eft pas feule... Elle eft avec Mr. Tribord le Capitaine.

DASTRIMON, *malicieufement.*

Celui qui doit époufer Jofephine.

ALEXIS, *riant.*

Ah qu'oui... ah qu'oui.

DASTRIMON.

Mais enfin comment ta mere arrive-t-elle ?

ALEXIS.

ALEXIS.

Comment ; comment ; en se promenant.

DASTRIMON, *riant.*

A pied, quelle folie.

CANZONIN.

Ah, ah, ah, votre femme qui fait la délicate voifin... faire fix lieues comme cela.

ALEXIS.

Bon... c'eft la plus jolie partie du monde, la route
eft bordée des habitans du pays... toute la contrée s'eft
donné là rendez-vous, on ne voit que des vifages joyeux
de quelque côté qu'on fe retourne, c'eft une galerie
dont le plaifir a deffiné les tableaux, croyez vous qu'on
s'ennuye à voyager comme cela.

CANZONIN.

Mais le départ du Prince.

ALEXIS.

C'eft pour demain.. Les Marfeillois en feront bien
triftes, leur jouiffance difent-ils a paffé comme un
éclair... & cependant les traits chéris de ce cher Maître, refteront long-temps gravés dans leurs cœurs, il
n'y a perfonne qui n'y porte fon image... c'eft le fentiment qui a fait toutes les copies.

DASTRIMON, *avec tranfport.*

Et nous le verrons... nous le verrons.

ALEXIS.

Ah ! fi vous faviez quels tranfports, quelle yvreffe,
quelle fenfibilité... cela n'étoit point compaffé... mais
c'était un beau défordre... recevoir, LOUIS STANISLAS,
n'était pas une cérémonie... c'était une vraie fête... une
nôce, c'en était une, car dans ce moment la Province
a fait une alliance avec le vrai bonheur.

CANZONIN, *bas à Alexis.*

Et notre affaire mon Ami.... notre affaire.

ALEXIS.

Soyez tranquille, ce n'eft que pour demain.

CANZONIN.

Que dis-tu ? Crois-tu qu'il faille attendre à demain
pour fe réjouir.... le Village ne peut fe contenir... La
Fête commence aujourd'hui, nous ne fommes pas affez
heureux pour que le Prince féjourne parmi nous.... mais
il y met le pied.... cela fuffit, quand le plaifir fe préfente, il ne faut jamais la faire attendre.

ALEXIS.

Soyez tranquille vous dis-je... nos Troubadours ne
tarderont pas.

CANZONIN.

Ah bon !... bon... & mon morceau de Tambourin.

ALEXIS.

Cela eft fçu.

B

DASTRIMON, *regarde fixement le Ciel avec enthou-
siafme, pendant ce qui vient de fe dire.*

Ne vous inquietez pas.... les Inftruments, le Chant,
tout fera prêt ; d'ailleurs Mr. Tribord veut auffi vous
furprendre , ah l'aimable homme! (*haut.*) mais je vais
faluer Mlle. Jofephine , vous le permettez , je vous réjoins dans l'inftant, je vous réjoins.

SCENE IV.

DASTRIMON, CANZONIN.

DASTRIMON, *ironiquement.*

V Oifin , il y va de bon cœur , je le laiffe aller moi.
Je vous l'ai dit , il faudroit fonger à marier Jofephine , elle a feize ans , nos Provençales font précoces
ordinairement , l'air eft très-vif dans ce pays-ci.

CANZONIN *riant.*

Et les habitants auffi , n'eft-ce pas , tant mieux ,
vivacité & franchife , font prefque toujours enfemble.

DASTRIMON.

Mais mon Fils.....

CANZONIN.

Ah *!* je l'aime de tout mon cœur.... il eft Muficien ;
il vous donne un C. foi ut , avec une aifance.

DASTRIMON.

Oui, oui il a du goût.... & votre Fille auffi, & l'ha-
bitude de chanter en duo.... vous m'entendez.... hum....
hum....

CANZONIN.

Oh vraiment ! j'aurois été le premier à vous parler
de les unir , fi je n'avois promis ma Fille au Capitaine
Tribord , je lui ai des obligations , ma fille ne l'aime
pas trop , mais je ne fçais comment me dégager.

DASTRIMON *gravement.*

Il faudra arranger cela... le Quantiéme de la Lune
eft favorable... d'ailleurs , je vais donner à mon Fils un
état qui vaut bien celui de Capitaine , je lui achete
une charge de Juftice ; parbleu voifin , ce fera réunir
deux conftellations , la Vierge avec la Balance.

CANZONIN.

Et la clef de G re fol , avec la clef d'F ut fa.

SCENE V.

Les Précédens. ALEXIS, JOSEPHINE.

CANZONIN.

AH ! Josephine... tu sçais que Monsieur Tribord est arrivé du Levant...

JOSEPHINE.
Oui mon cher Papa.

CANZONIN.
Je ne te contraindrai pas mon enfant.

JOSEPHINE.
Oh mon cher Papa !.... Vous n'aurez pas ce chagrin là ; vous verrez , vous verrez , mon bon ami Alexis , vient de m'apprendre quelque chose.
(*Elle fait des amitiés à Alexis qui lui baise la main.*)

CANZONIN.
Votre bon ami...

DASTRIMON *bas à Canzonin.*
Son bon ami.... Voisin voyez-vous. Oh! il n'y a clef de G re sol qui tienne , il faut accélérer la conjonction de ces deux planettes.

ALEXIS *vivement, & d'un air patelin.*
Oui mon cher pere.... ah oui ! il n'est pas possible de choisir un plus beau moment.... tout est propice , n'est-il pas vrai ?...

JOSEPHINE.
Oui, tout est propice mon Papa....

CANZONIN.
Mon Enfant, tu veux te marier , à la bonne heure.... celles qui se marient font bien .... mais celles qui ne se marient point , font encore mieux.

JOSEPHINE.
Ah mon papa commençons par faire bien & laissons faire mieux à ceux qui le pourront.

CANZONIN.
Mais le Capitaine.... le Capitaine.... (*Il éternue.*)

DASTRIMON *vivement & avec originalité.*
Voisin il faut finir.... voilà le meilleur signe du monde , c'est un très-bon signe d'éternuer quand on parle d'affaires , il n'y a pas de meilleur signe que celui-là.

ALEXIS & JOSEPHINE.
Non, il n'y a pas de meilleur signe que celui-là·

CANZONIN.
Allons , je me dégagerai.... je me dégagerai du Capitaine , si cela est possible.

ALEXIS.

Cela fera très-possible. (à *Josephine.*) Quel bonheur !. j'ai vu le Prince.... & j'aurai Josephine, on a raison de dire, que tout ce qu'on desire vient à la fois. C'est ce que j'entendois repéter de tous les côtés.

(*On entend dans la Coulisse, un accord de Tambourin.*)

ALEXIS, *allant à la Coulisse, fait signe à ceux qui y sont, & dit.*

Bon, ils sont arrivés.

ARIETTE.

Cette Ariette est sur l'Air de celle --- toute Fille en Provence &c. du Jardinier supposé.

Jamais dans la Provence,
On n'a vu jour plus beau,
Partout la jouissance,
Offre un plaisir nouveau,
Et l'auguste présence
D'un Prince Bien-faisant,
Donne à notre existence,
Un charme ravissant.

Dès qu'on le voit paroître,
On sent battre son cœur,
On sent qu'il en est maître,
L'âge d'or vient renaître,
Sous son œil Enchanteur;
On le Fête, on l'adore,
Et ce jour est l'aurore,
Du plus parfait bonheur.

DASTRIMON, *à Canzonin.*

Eh bien voisin ! voilà qui est saisi.... Voilà des observations.

CANZONIN *embrassant Alexis.*

Ah mon Ami ! je voudrois avoir dix filles, je te les donnerais tout-à-l'heure.

ALEXIS.

Ah ! je ne veux que Josephine.

JOSEPHINE.

Et moi je ne veux qu'Alexis.... graces à l'éternuement de mon Pere & à ton Ariette, il ne sera plus question du Capitaine, mais, qu'est-ce que cela ? qu'est-ce que cela ?

DASTRIMON.

Eh ! c'est mon épouse.

CANZONIN.

Et c'est Mr. Tribord.

DASTRIMON, *regardant à la Coulisse.*

Que de monde ! que de monde....

CANZONIN *de même, & fort joyeux.*

Eh ! voilà nos Troubadours.... c'eſt bien cela.... c'eſt bien cela.

ALEXIS.

Ce ſont eux qui ont fait l'accompagnement.

CANZONIN.

C'eſt vrai, j'étois dans le raviſſement.

(*On entend un prélude de marche. Pluſieurs Payſans & Provençaux, entrent ſur la Scene ſans ordre, Mr. d'Aſtrimon va au-devant de ſon Epouſe, Canzonin embraſſe le Capitaine. -- Cette foule de Spectateurs, précéde la marche, & ſe range ſur les côtés.*

SCENE VI.

Mr. ET Mde. DASTRIMON, Mr. TRIBORT, CANZONIN, ALEXIS, JOSEPHINE.

DASTRIMON, *à ſon Epouſe & au Capitaine.*

SOyez-les bien venus... ma chere amie, n'eſt-tu pas fatiguée ?

Mde. DASTRIMON.

Point du tout.... point du tout, prête à recommencer.

SCENE VII.

Les Acteurs Précédents.

Fêtes des Troubadours & chanteuſes, ils entrent deux à deux en chantant le Chœur qui ſuit, font le tour du Théâtre, & viennent ſe placer en quadrille.

CHŒUR.

Sur l'Air : *ah ! le bon tems que la moiſſon.*

1er. Troubadour.

AMis chantons à l'uniſſon, } *Refrain.*
C'eſt pour célébrer un Bourbon. }
Nos chants, au temple de mémoire,
Ont de nos Chevaliers Français,
Autre fois conſacré la gloire,
Pour obtenir mêmes ſuccès.
Amis chantons à l'uniſſon &c.

2e. *Troubadour.*

A lui préfenter fon hommage,
Toujours la franchife eût des droits,
En lui brille l'ame d'un fage,
Avec la majefté des Rois.
Amis chantons à l'uniffon, &c.

Voyez quelle vive allégreffe,
Eclate ici dans tous les yeux,
Jamais une plus douce yvreffe
Raffembla t'elle, autant d'heureux?
Ami chantons à l'uniffon, &c.

Provence, Terre fortunée!
Il partage avec fes Sujets,
Le nom qu'il donne à ta contrée;
I' l'a gravé par fes Bienfaits.
Ami chantons à l'uniffon, &c.

(*Après le chœur les Troubadours, & Chanteufes,
offrent des bouquets aux Spectateurs, une petite fille
vient en préfenter un, à celui qui donne la Fête,
en chantant ce qui fuit.*)

Air : *On dit qu'à quinze ans.*

Jamais dans nos Champs,
Nos bofquets, nos vertes Prairies,
Aux fleurs du Printemps,
Zéphir ne fut plus careffant;
L'amour les a cueillies,
Et le zele dans cet inftant,
Vous les offre embellies,
Des feux du fentiment.
Jamais dans nos champs &c.

(*Après le morceau de la petite Chanteufe, le Chœur
fe reprend, la marche de même, les Payfans & les
Troubadours quittent le Théâtre.*)

SCENE VIII.

Les Acteurs Précédens.

CANZONIN *fort content de lui.*

Avec l'air de quêter des éloges.

AH mon cher Tribord, vous êtes pour quelque chose dans ce petit divertissement.

TRIBORD.

(*Il parlera provençal autant qu'il lui sera possible.*)

Eh non ! vous ne donnez pas dans le vent, çà ne vient pas de moi.... çà vient de bas-bord, c'est de l'Ami Alexis.....

ALEXIS.

Oh ! c'est de vous-même Mr. Canzonin.... pourquoi faire le modeste... je n'ai fait qu'exécuter.... mais vous avez inventé.

CANZONIN *satisfait.*

C'est vrai, c'est vrai.... j'ai fait revivre nos anciens Provençaux... c'est de la vieille Roche... ces Troubadours.

Mde. DASTRIMON.

Cela est fort joli.... je voudrois que la mode en revienne.

TRIBORD.

Ma foi, cette petite manœuvre a été bien exécutée. ah ! je vous ferai voir de ma besogne aussi, Pere Canzonin ; Alexis vous a dit, que nous nous étions accordés.

CANZONIN.

Il ne m'en a rien dit.

ALEXIS.

Vous m'aviez dit de vous attendre Mr. Tribord.

Mde. DASTRIMON, *vivement.*

Mr. le Capitaine lui céde Josephine.

DASTRIMON.

Eh bien ! ma femme ne nous fait pas languir.... ah ah ah ! on dit bien vrai, que la seule femme discrette, est celle à qui on n'a jamais rien confié, ah ah ah !

Mde. DASTRIMON.

Eh mais ! est-ce qu'il y avoit du mystére ?

TRIBORD.

Madame a raison Pere Canzonin, il n'y a point de mystére avec moi ; je commerce franchement, ma cargaison est toujours en évidence, il n'y a jamais rien fous le tillac ; vous vouliez que je mette à la voîle pour Mlle. Jofephine.... mais , reflexion faite , je vais cingler d'un autre bord , je n'aime pas à refter à l'Ancre dans un feul parage... je me plais à aller de côte en côte , à voguer où le vent me pouffe.... D'un mari à un garçon , il y a la différence d'un galerien à un matelot volontaire , d'une femme à une maîtreffe , celle d'un bon verre de Tafia , à de la Bierre d'équipage , je ne veux pas me fretter pour le facrement.... partant voifin , laiffez le petit Alexis remarquer Mlle. Jofephine , çà ira bien enfemble.... Je me referve dans l'armement un peu de leur amitié.... & ils auront en revanche un petit intérêt dans tous mes voyages.

ALEXIS & JOSEPHINE.

Ah le brave Capitaine !

TRIBORD.

Laiffez-là vos batteries mes Amis , allez , évitez la tempête , fi elle arrive , faites-moi des fignaux , vous me trouverez toujours... c'eft moi qui gagnerai à ce commerce-là , en vous faifant du bien... je le dis... je le fens , parler contre fa penfée , c'eft ramer d'un côté , & regarder de l'autre , bon cœur , vive gaieté , amour de la patrie & de fes enfants , fidélité au Roi , refpect aux Princes , c'eft la le pavillon Provençal.

DASTRIMON.

Et l'étoile polaire de leurs actions.

CANZONIN.

Et le diapazon de leur conduite.

Mde. DASTRIMON.

Oh , vous ne favez pas tout... Mr. Tribord faut-il parler du contrat fait au nom d'Alexis. (*Le Capitaine lui fait figne.*) Je ne dirai rien... je ne dirai rien...

TOUT LE MONDE A LA FOIS.

Honneur au Capitaine Tribord...

ALEXIS & JOSEPHINE.

CHANSON.

Sur l'Air : *Entends-tu Brunette.*

ALEXIS , Ier. *Couplet.*

Parais Dieu des amants ,
Dans cette fête ,
Tout cœur content
T'attend ,
Et chaque fillette ,
En fecret repete
Parais Dieu des amants , &c.

JOSEPHINE.

JOSEPHINE, IIe. *Couplet.*

On eſt bien content ſans cela,
Non pas, non, pas,
D'un Dieu comme ça,
Le Dieu d'nos cœurs n'lé vois tu pas;
Par-là
Tout va,
Il n'en laiſſe pas;
La récolte eſt faite,
Amour fait retraite,
On eſt bien content ſans cela, &c.

DUO.

ALEXIS.

Bon ils ſont freres ces dieux-là.
JOSEPHINE.
Oui dà,
ALEXIS.
C'eſt cà,
JOSEPHINE.
Ah dans ce cas là,
Ils feront bien ce partage là;
ALEXIS.
Oui-dà,
JOSEPHINE.
C'eſt çà

ENSEMBLE.

L'amour en ſera
Me v'là ⎱ ſatisfaite.
Sois ⎰
Et l'amour repete
Tout bas, tout bas;
Dans l'cœur ⎰ Dans le tien ⎱ les droits qu'il a
⎱ Dans le mien ⎰
Le v'là
Je ſens çà,
Il partagera.

TRIBORD, *embraſſant Joſephine & Alexis.*
Allons... va mon ami, braves Provençaux. Vive les
Provençaux...
Mde. DASTRIMON.
Mr. le Capitaine, & la petite fête de vos Matelots;

C

ah je n'en parlerai pas... mais vous verrez cela dans le Village... il y a bien des Villes qui voudroient en faire autant.

TRIBORD.

Bon Ville--- Village, n'est-ce pas la même terre par tout où l'on fait l'abordage, un petit bâtiment salue de son canon l'Amiral, aussi bien qu'un Vaisseau de guerre, lorsque le salut part--- C'est toujours du feu qui a embrasé la poudre, ce feu là n'est-il pas de l'ame de nos patriotes, il n'y en a pas un qui ne cherche à lâcher sa bordée. (*On entend dans le lointain une musique gaye vive & animée.*) Ah ma foi voilà nos camarades, ils vont vous hâter ici une petite bagatelle joyeuse, compere Canzonin, c'est le paroli de vos Troubadours. (*On va au-devant de la fête des Matelots.*)

DASTRIMON, *Seul sur le devant du théâtre.*

Ah malheureux que je suis... je crois que je suis né sous le signe de l'Ecrevisse, mes affaires vont à reculons : il faut que j'aille faire hâter mes Bohemiens. Il y a huit jours que je les ai avertis. Voyez ce que c'est--- Voyez ce que c'est. (*Il sort.*)

SCENE X.

Tous les Acteurs rentrent au milieu d'une multitude de Peuple différemment habillé, tous dans le costume Provençal.

Fête des Matelots & Matelottes.

On chante le chœur. Sur l'Air : *Allons danser sous ses ormeaux.*

CHŒUR.

Avancez joyeux Provençaux
La voix du plaisir vous appelle,
Avancez joyeux Provençaux
Pour animer des yeux nouveaux.

Ier. Couplet. Un Matelot, *à l'assemblée.*

Vous chanterez Bourbon sur terre,
Nous le chanterons sur les eaux,
Des chansons de nos Matelots.
Retentira l'autre hémisphere.
Avancez joyeux Provençaux. &c.

De nos chants son nom sera le refrein,

Il nous rendra toujours le Ciel serein.
Toujours beau temps
En le chantant,
De nos concerts
Le Dieu des Mers.
Eloignera la tempête cruelle.
Avancez joyeux Provençaux. &c.

Le chœur chante. Les Matelots, & Matelottes dan-
sent, & forment differentes attitudes, avec des râmes
& d'autres instruments de leur état.

Entrée d'un Matelot & d'une Matelotte. Pantomime.

Ce petit divertissement fini, ils sortent par une contre
marche, en reprenant le chœur jusqu'à ce qu'ils soient
hors du Théâtre.

La Piece continue.

SCENE X.

CANZONIN, TRIBORD, ALEXIS, JOSEPHINE,
Mde. DASTRIMON, *Sur le devant du Théâtre.*
TURINI, VOLMASM. *Dans le fond du théâtre,*
ayant l'air de suivre la fête avec un air de curiosité.

CANZONIN.

A Merveille capitaine Tribord... cela est dans tous
les tons... Excellent...

Mde. DASTRIMON.

Je n'en avois pas parlé, on a eu le plaisir de la surprise....

TRIBORD.

De la surprise jamais... Tout le monde s'y attend à
cela, c'est franc, c'est loyal, ça coule de l'ame, quand
on suit son fanal on ne risque jamais de faire capot.

TURINI, (*qui a observé depuis le fond.*)
(*Il italianise son accent.*)
J'ou cresio voir Monsou le Capitaine Tribord.

VOLMASM.

Il est lui en personne proprement.

TRIBORD.

Je connois ces Messieurs.

TURINI.

Que j'ai vou à Venise.

VOLMASM.

Que j'ai rencontré en Hollande.

ENSEMBLE.

Un brave homme.

TRIBORD.

Deux bons vivants.

TURINI.

J'ou vous falue.

VOLMASM.

Comhir bon jour mener.

TRIBORD.

Enchanté de vous voir. (*Ils s'embraffent.*) Je vous préfente Mr. Turini la perle des Piémontois.

CANZONIN.

Ah Mr. c'eft le magafin des virtuofes que le Piémont, Vous êtes fans doute muficien...

TURINI.

Un peco, Monfou, un poco.

CANZONIN.

Ah fi vous étiez venus un peu plutôt.

TURINI.

J'ai vou Monfou, j'ai vou la petita fêta.

TRIBORD, *continuant.*

Et Mr. Volmafm le meilleur homme de l'Allemagne
(*Tout le monde falue Mde. Daftrimon.*)

Mde. DASTRIMON.

Mais où donc eft allé mon mari.

CANZONIN.

Faire quelque folie...

Mde. DASTRIMON.

Ah fans doute, il les fait toujours tout feul.

TRIBORD.

Quel vent vous a donc pouffé par ici Meffieurs.

TURINI.

Nous fommes venous à Marfeille pour voir les réjouif-fances, Monfou le Capitaine, nous fommes allés hors la porte peroune petita promenada, nous avons vou oune fêta. a quelqu'où diftances encour oune auftre fêta... Et d'où fêta en fêta Monfou Volmafm & moi fommes arrivés ici, fans fonger que nous étions fortis de la Ville.

ALEXIS.

Je vous l'avais bien dit Monfieur Canfonin.

VOLMASM.

Fetre Prince Royal, qui eft arrivé dans les pays, il reunit touts les erants entroits & les petits, il paroit qu'il y a plus qu'une fêta dans toute la Profince.

JOSEPHINE, *à Alexis.*

Mais mon ami, des Piémontais & des Allemands font faits comme nous.

TURINI, *ayant entendu.*

Tout de même Mademizelle

TRIBORD.

Vous ne retournerez pas à Marseille aujourd'hui.

VOLMASM.

Ah il n'eſt point poſſible Monſir, la Prince y ſient ici temain, tout la fille de Marſeille il ſientra contuire lui, ne pouſoir point paſſer ſur la route, pour retournir.

TRIBORD.

Ce ſeroit forcer le vent, où aller contre la marée.

VOLMASM.

Je foulais tire le même choſe.

CANZONIN.

Ah Mde. Daſtrimon, voilà votre mari.

SCENE XI.

Les Précédents, DASTRIMON.

DASTRIMON, à Canzonin.

EH bien compere, les Troubadours ſont fortune dans le Village... chacun veut en prendre l'uniforme... Ils ſont chœurs avec les matelots... Vous triomphez Meſſieurs. (*Se frottant les mains.*) Mais mes Bohémiens vont venir.

VOLMASM, & TURINI, à daſtrimon.

Monſieur il eſt Monſeigneur le Bailli.

DASTRIMON, Avec humeur.

Non Meſſieurs, je ne ſuis ni Monſeigneur, ni Bailli.

Mde. DASTRIMON.

Ah mon ami ne vous fâchez pas, mon cher petit mari.

JOSEPHINE, & ALEXIS.

Ces Meſſieurs ſont des étrangers.

TRIBORD.

Qu'eſt ce que vous dites... des étrangers... non Monſieur eſt Piémontais, & Mr. eſt Allemand.

TURINI.

Nous avons du cœur comme le Pariſien.

VOLMASM.

Comme le Marſeillois la même choſe.

TURINI.

Oui Monſou.

VOLMASM.

Il y a point aucun toute.

TRIBORD.

Eh je le crois bien. l'Europe eſt notre mere commune, la France, la Savoye, l'Allemagne, ſont ſes filles aînées, ce ſont trois Sœurs qui viennent de ſe jurer une amitié éternelle, la nature s'en réjouit, & les trois Nations, commerçent enſemble de vertus pour le profit de l'Humanité.

TURINI.

Monfou le Capitaine, il a raifon ; les hommes font
tout Français à Turin.

VOLMASM.

Et les Femmes font toutes Françaifes à Vienne.

TRIBORD.

Je le fais bien... Les trois Pays ne font qu'un conti‑
nent... C'eft un jardin commun.

DOSTRIMON.

Les Alpes lui fervent de Belveder.

TRIBORD.

J'ai la bouffole du Pays, il y a pourtant une ifle,
quelque part dans ce continent là, ah je ne fais quelle
l'ngitude que je veux découvrir! On dit que l'atterrage,
en eft quelque fois dangereux à caufe des coups de
vents. La Souveraine s'y nomme Vénus, & fes fœurs mes
Demoifelles les Graces, cela doit être entre l'Allema‑
gne & la Savoye. Ce ferait les cas d'y arborer le pavillon
Français, car je parie bien que notre belle Reine, &
les dignes époufes de nos Princes ont quelque chofe à
prétendre dans ce territoire.

TURINI.

Les vertous & la beauté, ils font bien partie de l'hé‑
ritage.

VOLMASM.

Ils font du Patrimoine.

TRIBORD.

Cela fera de bonne prife parbleu, il n'y a qu'à fuivre
les Princes de nos différents Pays ; malgré leur *incognito*,
il n'y a qu'à les fuivre, on verra que l'empire des cœurs
eft n b ien de famille.

VOLMASM.

Nous fommes tous freres.

DASTRIMON.

Ce font plufieurs étoiles qui font une conftellation.

CANZONIN.

Ou plufieurs cordes fur un même inftrument.

TURINI.

Oui, tous amis.

TRIBORD.

C'eft cela... Freres... Amis... & nous le ferons
longtemps.

VOLMASM.

Amis Français.

DASTRIMON, TRIBORD, CANZONIN.

Ami Piémontais, ami Allemand.

TURINI & VOLMASM, *régardant josephine.*

Sans oublier la petite fœur.

ALEXIS, *fe joignant à eux.*

C'eft moi qui la réprefente.

DASTRIMON, *à son fils.*

Ah fripon! (*à Canzonin*) Compére, voilà l'alliance faite de toute façon.

CANZONIN.

Voisin, cela vous mettra à portée de prendre quelques notions de musique.

DASTRIMON.

Et vous d'Astrologie... & si vous voulez vous faire recevoir... Nos Adeptes viennent à propos

(*On entend l'approche des Bohémiens, qui*
sont annoncés par la musique.)

(*Il fait demi nuit.*)

(*Avec feu.*) l'Astrologie, voisin, c'est bien la plus haute des sciences.

CANZONIN, *regardant le Ciel.*

C'est bien la plus haute, sans contredit... Mais, vos Bohemiens arrivent trop tard. Le jour baisse, vous voulez donc être éclairé par les Étoiles... Cela sera nouveau.

DASTRIMON.

Bah, est-ce qu'il peut faire nuit, aujourd'hui... Le Soleil ne se couchera pas, dans une si belle circonstance ; il y auroit trop de régret, il me l'a dit ; d'ailleurs, si les feux du jour vouloient s'éteindre, nous les ranimerons par ceux du plaisir. Vous allez voir ...

CANZONIN.

Il se montre aujourd'hui de toutes les couleurs.

Dans ce moment, le fond du théâtre change, on voit une place de Village illuminée ; le chiffre de MONSIEUR en transparent, se trouve dans plusieurs endroits. Beaucoup de spectateurs occupent la Scene, à droite est un caffé ouvert à ceux qui veulent prendre des rafraichissemens. L'enseigne du caffé est en transparent, on y lit ces mots. AUX ARMES DE PROVENCE. Au bas de l'écusson est écrit, PARFAIT AMOUR.

CANZONIN, *à Dastrimon.*

Oh! je croirai dorénavant à vos prédictions

FETES DES BOHEMIENS.

Les Bohemiens arrivent en danſant au milieu de tout le peuple, chacun les arrête pour les conſulter ; ce qui forme une ſorte de pantomime animée. Quelques-uns d'eux formant un groupe, chantent les couplets ſuivants.

Sur l'Air. *Des ſimples jeux de ſon enfance.*

Ier. Couplet.

D'un Prince cheri la preſence,
Fait naître un doux raviſſement,
Et chaque cœur ſent l'influence
De cet aimable enchantement.
Ou trouver un plus beau ſpeĉtacle,
Il promet la felicité ;
Soyez bien ſûr, que cet Oracle,
Eſt celui de la verité.

UNE BOHEMIENE.

I I. Couplet.

En ces lieux, que d'heureux préſages,
Dans tous les yeux eſt la gayeté,
Le Ciel ſe montre ſans nuage,
Dans les cœurs eſt la volupté,
Et le ſoleil dans ſa carriére,
Pour favoriſer ſes deſirs,
Lance une plus vive lumiere,
Lorſqu'il éclaire nos plaiſirs.

UN BOHEMIEN.

Sur l'Air, *la bonne avanture.*

I I I. Couplet.

Jamais de plus beaux deſtins,
n'ont fait luire en France,
Des jours plus purs, plus ſereins,
Mais c'eſt en Provence,
Que tout au gré de nos vœux,
Repette au cœur comme aux yeux,
La bonne avanture,
Ogué,
La bonne avanture.

UN TROUBADOUR.

IV. Couplet.

Sans avoir jamais appris,
A lire au grimoire,
A mon tour, moi je prédis,
Que dans notre histoire,
Rien ne doit à nos neveux,
Etre auffi délicieux,
Que cette avanture.
Ogué,
Que cette avanture.

VAUDEVILLE.

Sur l'Air, de celui de Tom-Jones.

Ier. Couplet.

Le vrai bonheur qu'ici chacun partage;
Tout bon cœur le goûte en entier :
Franchife doit en célébrer l'hommâge,
Et l'amour doit le publier.
Des Provençaux, tel eft le caractere,
Aimer, Fêter, fur-tout jouir,
Sont les vertus de cette terre,
C'eft la retraîte des plaifirs.

II. Couplet.

Des jeux, des ris, la milice joyeufe,
Sous les drapeaux de l'enjoûment,
Pour célébrer cette avanture heureufe,
Arrive avec empreffement.
Un mot charmant dans ce jour les enflamme
Et doit rallier l'efcadron,
Il fort du cœur, il part de l'ame,
Vive Bourbon, vive Bourbon.

III. Couplet, au Public.

Vous feuls pouvez adopter cet ouvrage,
Enfant du zéle & de l'inftant,
Si de l'efprit, il n'a pas le langage,
Il a celui du fentiment.

D

Quel aurait plus de droits pour vous plaire ;
Il est puisé dans votre cœur,
Et s'il y trouve son salaire,
C'est le triomphe de l'Auteur.

Les matelots, Troubadours, & Bohemiens, se réunissent & forment un divertissement général, qui termine la Fête.

F